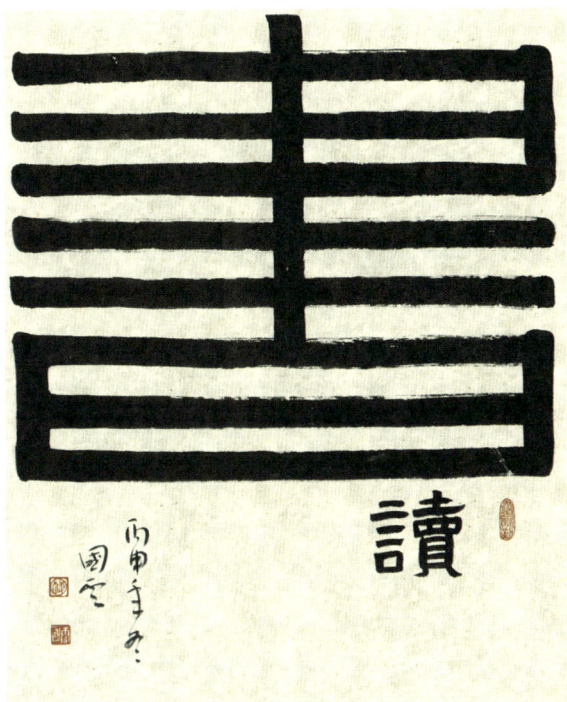

读书，读满柜子的书，沿着人类进步的阶梯去认识世界。

双人舞。看不见的对应关系，是宇宙的神秘逻辑，比如量子纠缠。

参悟的"参",人参的"参"。参到无或空,没有了我,与宇宙一体,是参的目的。假如将人参(名贵药材)的参视为根本大道,那此参意义大矣:因参悟而忘我,在不知不觉中与宇宙合为一体(成为人参)。上面参悟状,下面人参状。

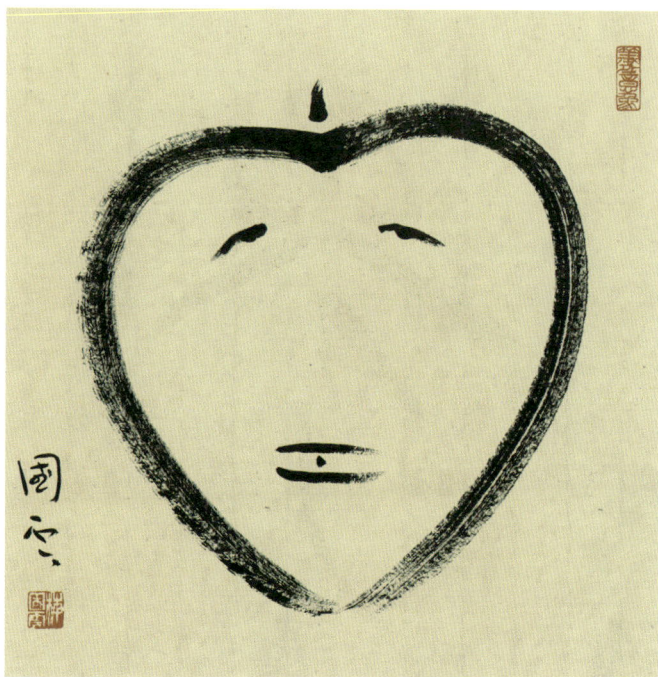

汉字"空"。运动是绝对的，空才是永恒的真相，这是宇宙的本质。

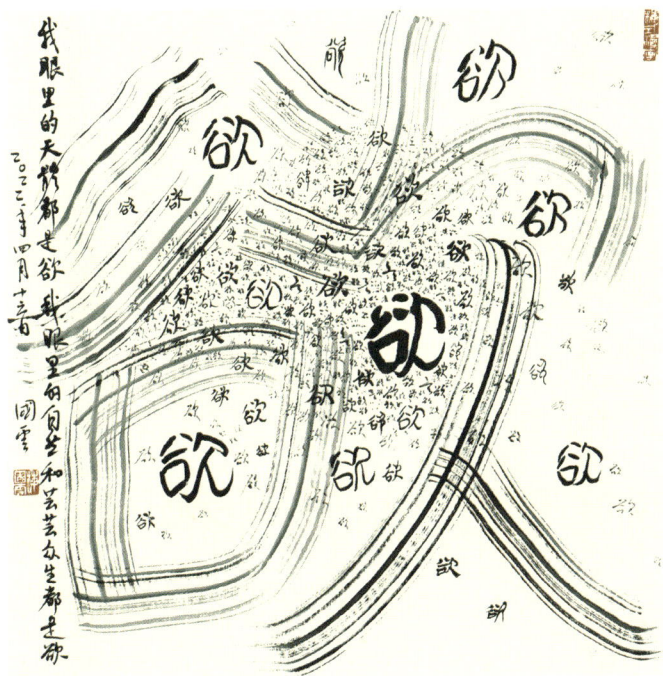

汉字"欲"。我眼里的天体都是欲，我眼里的自然和芸芸众生都是欲。

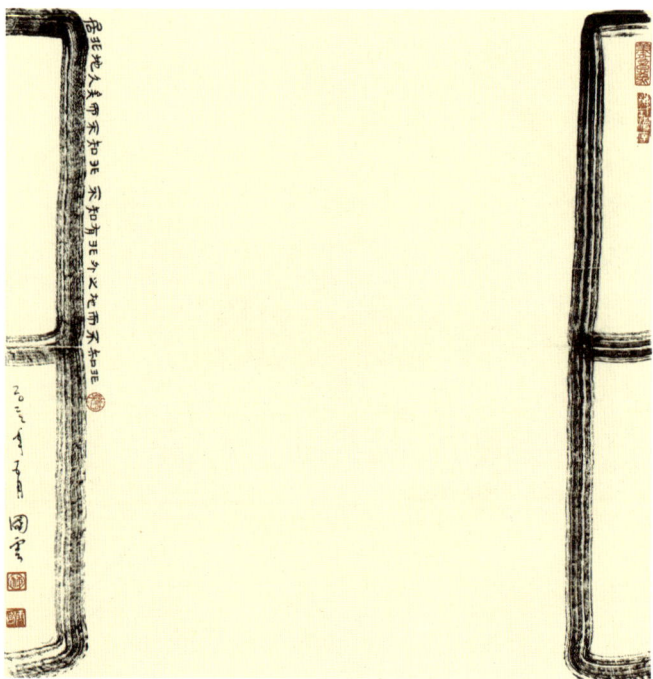

汉字"非"。居非地久矣而不知非，不知有非外之地而不知非。

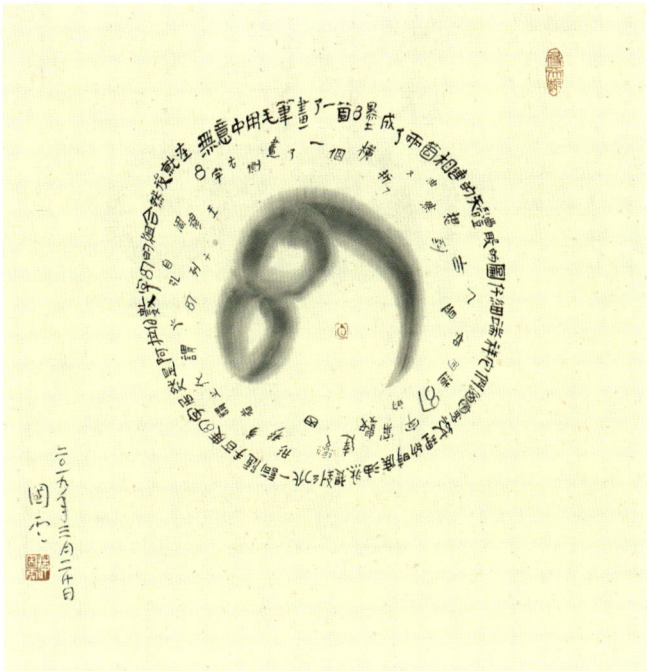

汉字"幻"。中国的古人造"幻"字，难道就是为了表达，在这个世界
还存在着肉眼看不到的魔幻世界？

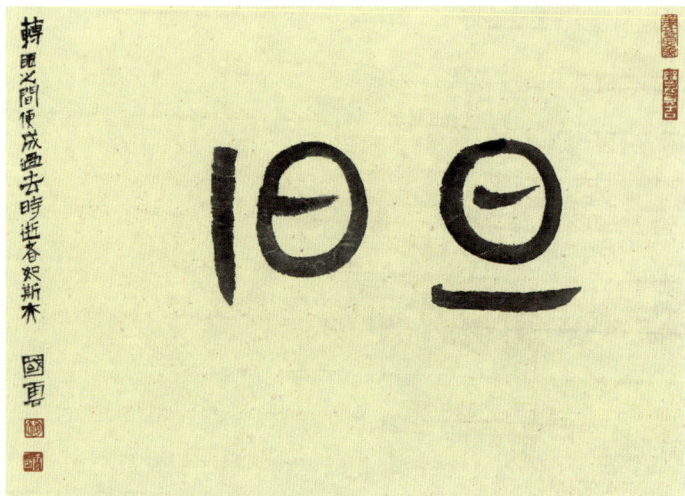

汉字"旧"、"旦"。转眼之间，便成了过去。

窥一眼虚空的未知

字相 ◎ 著

海南出版社
·海口·

新世界出版社
NEW WORLD PRESS

图书在版编目（CIP）数据

窥一眼虚空的未知 / 字相著 . —— 海口：海南出版
社，2023.1（2023.9 重印）
ISBN 978-7-5730-0846-6

Ⅰ . ①窥… Ⅱ . ①字… Ⅲ . ①诗集 – 中国 – 当代
Ⅳ . ① I227

中国版本图书馆 CIP 数据核字 (2022) 第 207315 号

窥一眼虚空的未知
KUI YIYAN XUKONG DE WEIZHI

作　　者：字　相
出 品 人：王景霞
责任编辑：姜　嫚
策　　划：彭明哲
装帧设计：任　佳
责任印制：杨　程
印刷装订：北京通州皇家印刷厂
读者服务：唐雪飞
出版发行：海南出版社
总社地址：海口市金盘开发区建设三横路 2 号　邮编：　570216
北京地址：北京市朝阳区黄厂路 3 号院 7 号楼 101 室
电　　话：0898-66812392　　010-87336670
投稿邮箱：hnbook@263.net
经　　销：全国新华书店
版　　次：2023 年 1 月第 1 版
印　　次：2023 年 9 月第 2 次印刷
开　　本：880 mm×1 230 mm　　1/32
印　　张：5.75
字　　数：84 千字
书　　号：ISBN 978-7-5730-0846-6
定　　价：68.00 元

通往虚空的梯子

读者们千万不要把这个集子里的文字当成诗来阅读。

这一句一句摞在一起的文字，是我试图寻找造物主的胡思乱想，是我用句子做成的通往虚空的梯子。

虚空应该是对应色世界而存在的世界吧，如果真有虚空，造物主一定就在两个世界交会的边缘处主宰着幻与灭、生与死的一切。如果这个假想成立，人类只要到达色世界的终极处，便能见到造物主，解开所有谜团，说不定还能向造物主讨要到灵魂不死的方子，彻底解除生命对死亡的恐惧。

其实，我知道人类即便是到了灭亡的那一天，也发现不了造物主的身影。我们终其一生，都在想方设法认识自己，认识生命，无论是东方的思想家，还是西方的哲学家，无论是从物质层面，还是从精神领域，无论是由外而内，还是由内而外，所有的探索，最终都是为了弄清自己从何处来，归于何处。

哲学家在外求中，发现了宇宙中的一个又一个定律；思想家在内悟中，发现了天地间的阴阳大道。人类虽然可以通过智慧的一代代叠加，一步步走近造物主，最终弄清自己是谁，但相比于地球的寿命，相比于太阳系、银河系……乃至整个宇宙的寿命，人类的历史长河实在太短，短得甚至可以忽略不计。这是人类的莫大遗憾。在过去有限的认识里，常常是人类刚刚打开一扇窗子，没想到一个更为广大的世界又出现在面前，而且窗子越来越多，没完没了，窗子外的世界也越来越大，无可穷尽。最初，人类非常自信，认为自己的探索会离宇宙的本源越来越近，但有时却出现了越来越远的反向。走向大无外的宏观世界如此，走进小无内的微观世界亦如此。

我们为何来到这里？这个世界为何要被我们人类看到听到感知到？如果没有人类，宇宙的存在还有意义么？造物主为什么要这么做？历代的哲学家和思想家们无不攀爬在试图获得真相却永远都走不到尽头的梯子上。

仰望星空，渺小的人类是无奈的，只会明智地打趣自己—思考，造物主就发笑。造物主发笑，是因为人类太过"幼稚"，是因为人类的所有想象，宇宙里面都有，而且都太"小儿科"。比如，在人类没有出现的时候，制造手机的道理就一直在宇宙存在了。比如，如果人类能够在不可能之间建立起符合道理的逻辑关系，地球完全可以流浪。甚至可能在某个时空、逻辑错乱的角落，一加一会等于五。

想象力虽然无限地提升了人的价值，但在造物主那里，实在是微不足道。你可以想象一下你的指甲缝里的某个细菌放飞梦想的情景。如此，人类应该把一切追求都寄托在想象上。我们大可不必怀疑自己的胡思乱想。如果我们的胡思乱想水平，某一天离谱到造物主笑不出来的时候，可能人类距离造物主就剩下一道面纱了。

虚空是人类想象出来的一个世界，造物主是人类想象出来的主宰，而通往虚空，通往造物主的梯子正是想象力。我们不要奇怪于自己建立的这样的一个离奇的逻辑关系，也不必认为沿着想象力做成的梯子一直找寻下去是徒劳的，但我相信，灯火阑珊处一直就在那里。

字相

2022 年 8 月 8 日

目录

通往虚空的梯子

一念

别忘了把灵魂存到云里

别忘了把灵魂存到云里

那是上帝的怀抱

正如你的数据

大不了换个手机

《道德经》一直在云里存着

两千五百多年，不知有多少肉身

下载了老子的经魂

老子会一直活着

除非存放数据的云没了

刀，灰尘

我们用菜刀怎么也切不到一粒灰尘
却可以轻而易举地切开一个西瓜

其实地球在宇宙充其量也就是灰尘一粒
只不过我们根本不知道有刀的存在

或许就因为我们是灰尘才没有被刀伤害
而庞大如西瓜的天体总难逃被切的厄运

一阵旋风过来

一阵旋风过来

卷起沙粒

形成一条旋转的沙龙

在我眼前东奔西跑

我不知怎么就想到了银河系

如果弄个微型版立在我跟前

应该也是这沙龙的样子

银河在旋转，每个星体也在旋转

如果把沙龙的每粒沙子

都放大到太阳或地球大小

我估计这沙龙

一定比银河系还大

如果我自己也按比例跟着放大

我们以哲学的逻辑推理一下

是谁也正跟我看着沙龙一样

注视着银河系在眼前东奔西跑

嗡嗡……

这车站的候车屋大到看不到头

人们在言语

我仔细听了一分钟

只有嗡嗡的声音冲击耳膜

我突发奇想

谁如果能破译这嗡声一屋

就是一部部大书里面的

喜怒哀乐爱恨情仇

是人，都会有喜怒哀乐爱恨情仇

如果把一个人一生的话语装满一屋

也是这嗡嗡的声音

冲击你我的耳膜

夜深人静的时候

我的耳根深处还会收到

来自遥远虚空的嗡嗡

它细如蚊吟

谁是破译这声音的高手

抽湿机开了一夜

抽湿机开了一夜

昨晚才洗的衣服就可以穿了

我总为此想到佛

如果湿衣服上的水是欲望

干干的布是大智慧

那我穿在身上的

便是佛

显然抽湿机是为湿衣服念了咒语

犹如功力无比的上师

在为得了心法的弟子加持

世上的人都佛衣加身而道貌岸然

佛衣裹住的恰是动物界兽力无边的欲望体

汉字"来"，如同觉者走来。

祭

一只狗跪了两条后腿向天作揖

身子前赫然是一堆

人的排泄物

显然是狗狗看多了人祭神的仪轨

假如动物界都会模仿人类

给神灵供奉的物品

一定会哭晕人类

乐坏神灵

寻找上帝

对于蛔虫来说
天堂和地狱只隔一道肛门
过了肛门就活不成

人是蛔虫的上帝
却永远行走在寻找上帝的路上

而人的上帝会不会也跟人一样在
苦苦寻找上帝
……

一张白纸

一张白纸

可以根据画者的构思

画出各种各样的人

多么直白的逻辑

如一个新生儿的遭遇

方言、土菜、风俗习惯……

就是涂抹过来的

五颜六色油彩

何必为我们的前世

做无用的探究

谁见过拍卖场上

有几个买家为承载了画作的纸

讨价还价

书看多了

就容易用别人的大脑思维

把自己发明的颜料

变成独树一帜的色彩

把自己的画风变成争相追随的时尚

这张白纸的命运

就会与所有白纸区别开来

飞奔的自然

那年认识一位

哈萨克族牧民朋友

他一路上说的话

翻译过来居然那么富有神性

翻译说，这位朋友基本上不懂讲

城里通用的公共语言

他的言语多是比喻和象征

走进草原才揭开秘密

在那地广人稀的边陲

因为常年跟羊跟白云跟

花花草草聊天

不知不觉他们就和自然

融成了一体，活成了神仙

探讨这个问题时

那位哈萨克朋友笑谈

在万物机械制造的城市

人早已活成了僵硬的机器

没有万物生长的诗意生活

你们是如何忍受了

生活的枯燥无奇

我一时无语

他是草原上的阿肯

脸上始终洋溢着无拘无束的光芒

即兴编的一段弹唱

把自然界诸神

一个一个请到了唱词里

祝我平安吉祥

我就看到鸟儿欢鸣

羊儿眼睛闪亮

阳光跳出云朵

大地上花草鲜艳

他忘情地载歌载舞

感染了周边的一切

离别后，他策马扬鞭追赶着我们的车子

表达着念念不舍的最高礼节

此时，在我眼里

他就是飞奔的自然

飞奔的想象

人类不必得意

人类不必得意

捣鼓出手机这样的玩意

因为没有人类的时候

制造手机的道理

一直在宇宙存在

人类的小聪明

就跟东张西望

寻找粮仓的老鼠一样

人窥见"粮仓"里的手机

距今不过 30 来年

如果从猿开始算

却用了 300 多万年

没有人类的时候

产生人类的道理

同样在宇宙存在

但到底是谁，用了多少年

在"粮仓"里窥见了人类呢

我想，这便是人从哪里来的答案之一

不知不觉中，手机长在了我们的手上。

我们能做的仍然是依赖科学

我们像丢弃垃圾食品一样

丢弃一个又一个观念

迄今为止始终没有发现

有个相对完美的哲学

能安抚人恐惧的心灵

包括被科学彻底否定的

漏洞百出的宗教教义

在这个灾难不断的星球

人人都要在丛林杀伐求生

并且难逃一死

无人可以获得免除苦难的居留权

和自由自在的通行证

我们能做的仍然是依赖科学

去发现人造就的神祇真实存在

永恒的天堂就在死亡的面前

或因为科技如愿

永生的死结终得破解

在挖掘未知的路途上

我们不妨坚守那假设的信念

来一个豁达的选择

把快乐当成唯一目的

把人生当作永生来重新打算

如此，我们不必对这个世界心怀不满

细菌的幻想

有个细菌想把一根猪腿骨
挪到自己窝前

这事成功了
人便可以织一张网
将银河系的星星打走

如果我们嘲笑细菌没有理性
为什么我们也喜欢望着宇宙胡思乱想

当我们一脚把那根猪腿骨踢飞的时候
那细菌都死几十代了

老天爷望着跟前滚滚的灰尘
真不知道哪一个才是地球
就跟我们无法看到那个细菌一样

万物有灵

喝杯咖啡

咖啡因会变成奇思妙想

在文字里流淌

万物有灵的经验，都在不经意间

被人忽略。再比如在刚刚装修的房子里

甲醛会让你聪明的脑袋不能文思泉涌

魂气充盈的天地

有缘的事物既互相滋养

却又互相伤害

地球上，人的魂气最为强势

境随心转，最典型的就是

它可以移山填海

人类的大脚印，宇宙最美丽的符号。一只脚在时空只是一瞬间，而在人间却是一段历史长河。

我的醒

我的醒

常因为梦里被敲门

那天我睡得很深

终于梦里可以起来看究竟

奇怪的是走廊里

空无一人

他到底是谁

受了谁的指令

把我叫醒

我的"我"

每当我问"我"是谁的时候

"我"都会反问我

是谁叫你问"我"的

"我"在我的世界里

我对"我"却很陌生

而我又在谁的世界里面

如果上帝也有手机

如果上帝也有手机

能够接通信号的

只有哲学家

因为上帝发现

只有哲学家才会把人类的奇思妙想

收进理性的箩筐

在上帝那里

最喜欢的人类供品

就是理性

@上帝

上帝忙的是整个宇宙的大事，因为不知如何才可以怎得过来@一天倒是简好辨法能世界是相通的對那些反人類的家伙可以@上帝来责罚以如肢解記宿的恶魔

上帝忙的是整个宇宙的大事，地球上的琐事，只有 @ 他老人家，可能才会引起他的关注。

本能

地球上第一个蒲公英的种子

被风吹散之后，就全随了本能

如果我们怀着好奇心

去知晓它的命运

就跟探究天体在宇宙的宿命一样

这满宇宙的飘飘洒洒

造物主哪还有办法让它停下

生命意志

螳螂交配后
雌螳螂会把雄螳螂吃掉
是生物界最典型的
为了交配不怕死的壮烈事件

连有羞耻心的人也一样
明知色字头上一把刀
也不顾一切找相好

生殖是终极目的
这是造物主为了宇宙香火兴旺而赋予
子民们渴望交配的本能
其实就是个骗局

没想到距离遥远的星球与星球

也会搞在一起

它们长出的磁场就是生殖器

一旦交媾便不想停止

它们只分娩能量

为宇宙万物性冲动

源源不断，提供营养

臭皮囊的欲望

人为了臭皮囊的欲望
而奋斗到死

味觉是为了叫你
情不自禁地去找好吃好喝的东西
只有情不自禁才不会饿死

性欲是为了叫你
情不自禁地去寻找美色
只有情不自禁人类才不会绝种

人身上每个器官都会情不自禁
可这情不自禁
却常常被人视为邪恶

假如没有了邪恶
怎么会有人类生生不绝

是谁设计制造了这么神奇的游戏

想想日月星辰的运转也是随了
这情不自禁

假如宇宙也没有了这邪恶
将会是什么样的景象

难道邪恶就是宇宙的根源和唯一目的

宇宙也会死

宇宙也不能

长生不老

它会不会跟人一样想着

能否投胎

如果可以

是何等壮观

天人合一 人心真去 圆空

人归天后才能实现天人合一。

手机越来越像人的肉体

手机越来越像人的肉体

接受着来自虚空的缥缈信号

从 1G 到 2G

再到现在的 4G 和 5G

就如人类从茹毛饮血

进化到当下的信息化社会

当我每两年换一部苹果或华为

总会凝视大街上行色匆匆的一个个肉体

假如手机坏了没有钱更换新手机

信号无处安放，是不是就跟人死了成了孤魂野鬼

手机的出现是人类技术的积累建立的一个

庞大系统工程，想想 700 万年前

是谁通过何等系统工程

使人类出现在地球

手机一代代活着

依靠的是电

人呢？

我想啊，应该是气

电从何来

便是气从何来的逻辑

当我居高临下看一只蚂蚁

当我居高临下看一只蚂蚁

漫无目的地爬行

总会考虑它存在的意义

其实它的意义

就跟我们自己活着有什么意义一样

有谁知道，人类来到地球

到底为了什么

欲求？仁爱？拯救宇宙？

夜晚，我们仰望苍穹

问泛着亮光的群星

你们的存在，是为了什么

我经常在夜晚长久地盯着
星与星之间的缝隙处

我经常在夜晚长久地盯着星与星之间的缝隙处

只要你目不转睛，慢慢的就会从那黑暗里

泛出一粒十分微弱的光

但只是眨了一下眼睛

那粒光就不见了

它出现得莫名其妙

也消失得莫名其妙

正如我们身边的某些人和事

有个事一直想不明白

有个事一直想不明白

打开手电筒，然后关了电源

光，难道还在以每秒钟 30 万公里的速度飞行

夜晚，我们看到的满天星光

科学家说，那都是成百上千年前发出来的

可为何星星始终在那个位置像手电筒似的亮着

我们的目光有没有速度呢

如果是即时成像

它呈现的是手电筒

还是它发射出来的光

老家有句俗语

老家兴化有句俗语

人头有血，山头有水

人脑袋里的血靠心脏来泵

可山头的水是怎么上去的呢

地球也应该有一颗

硕大无比的心脏

它伸缩自如，轰然作响

一呼大海潮起，一吸大海潮落

从大江大河这样的主动脉

到岩石深处的毛细血管

充盈的水在风箱似的心脏搏动下

奔涌不息

阳光打在吉祥树上

在树叶的背面

隐约看到纹理里有树液流动

我手握树干

总能感受到传递过来的阵阵脉动

无论是斗转星移还是风呼雷鸣

一定也因为有颗心脏隐蔽在哪里

不知疲倦地在一伸一缩

我常想到汽车的发动机

启动设备点火后

发动机才嗒嗒工作

把动力传导到每个零部件

这天地间是谁掌控着启动日月星辰

大地万物心脏的钥匙呢

造物主的伟大计谋

弄个模型测试

假如蚂蚁的脑汁跟人一样多

地球会有什么样的命数

人一定会倒吸一口凉气

油然双手合十

阿弥陀佛

感恩造物主的伟大计谋

否则，被折腾完蛋的不仅仅是地球

因为人在超级厉害的蚂蚁跟前

只相当于远古的猿

蚂蚁的能耐

绝对会把太阳系玩转

造物主

阿弥陀佛

万能

太阳系范围内的规则

一加一必定等于二

勾三股四弦必定是五

……

而且无所不在

无论是太阳的光芒里

还是海洋的波涛中

……

永远神一样地存在

万物以这永恒不变的规则存

也以这不变的规则亡

永生的造物主正是上帝

上帝让我们无时不感受到这万能就在身边

假如我们以人形来描摹上帝

上帝的目光何以跟一个海南岛上的人一样

越过千山万水看到亚马孙河谷里的一条水蛇正在吞食

一只山猪？

那海南人既看不到这血腥的场面

也救不了那可怜的山猪

但规则却让那凶残的水蛇放弃了口中的活物——

彗星尾巴上的一块重 50000 千克石头

因为引力不济，被甩了出去

在漫长的飞行之后，拐入地球大气层

经过摩擦燃烧

剩下 50 克体重

就砸到了那水蛇的脖颈处

亚马孙河水的流速恰到好处

那陨石进入地球大气层的时刻、角度和时速恰到好处

天干地支的造化就是这么神奇

这神正是规则，正是上帝

惊魂未定的山猪双蹄合十向上天作揖

我的"无"

2021 年元旦的晚上

我刚洗完澡上床休息

仅仅朝着窗外瞥了一眼

忽然就打了好几个惊天动地的喷嚏

我对着遥远的天幕仔细端详

在众星喧哗的缝隙里

竟然有一颗星球在鲜亮地闪耀

我感到很是奇怪

平时在这个方位并没有看到过这颗星球

怎么今晚就凭空出现

因为这眼冒金星的喷嚏打得有些过火

吓得我赶紧坐在床头闭目休息

那金星却幻化成古怪的汉字反复地提醒我

这颗星球是刚刚诞生的

一兴奋就跑到了宇宙的边缘

正得意地放射着不可一世的光芒

它在那个区域的地位

就相当于我们太阳系的太阳那么明亮

原来这颗星球跟我有关系

它的诞生和我产生了量子纠缠

所以就打了那要命的喷嚏

太不可思议了

不知怎的，今晚我意念的功力也非比寻常

它一步就跨到了这颗星球上，还搜罗出了究竟——

居然是我的欲望之心起的一个动念

结果这个动念就变成了一颗巨大无比的蛋（星球）

生在了这里

我一直以为，我已修炼得内心就如不流动的水那么平静了

没想到是老婆用的香水把我诱惑

逸出一个贪婪呼吸美味的欲念

几个喷嚏就暴露了真相

这巨大的蛋

离地球 240 亿光年

地球人无论如何都不会知道这是怎么回事

我虽然生活在地球

在大家的中间

但你们死活都不会知道

因为香水起因动念

就可以变成一颗蛋

在宇宙边缘光芒无垠

我终于明白

过去为什么总是打一些很古怪的喷嚏

原来都是量子纠缠现象

今天我的意念到了这颗新的星球

才弄清楚这个逻辑关系

奇怪的是，我的每次动念变成的都是蛋

也许也可以变成鸡

可为何没有

我自己也说不清楚

这可能就是地球人永远都无法解开的一个谜：

到底是先有鸡，还是先有蛋的？

呵呵

我的名字叫心如止水

另外还有几个名字

叫零、空、无

因为修炼不深

总被香风诱惑

一次又一次动念

就生成了一颗颗蛋

我们地球人晚上往天空看

那满天的星斗

其实都是我的一个个动念生出来的

宇宙如此浩瀚

我把时间和空间拦腰折断再折断……

过去的蛋们和未来的蛋们相遇在一起，都很陌生

连始作俑者的我都不认识了

我再把时间和空间恢复到原样

我悄悄地退回到地球

回到我打喷嚏的床上

想着，再也不要操心它们的事了

无论是鸡，还是蛋

这与我又有什么关系呢

我把那香水瓶子的盖子盖好

命令自己打好坐

刻苦修炼

只要修炼得心里什么都没有了而且始终保持住

无论什么香风也拿我没有办法了

至此，我的心平静了

宇宙也平静了

汉字"空",仔细看却是僧人打坐的样子。

你是香佛

——为降真香而作

初识你的香

心频同一道

知晓 46 亿地球年

浩瀚银河八方四杳

佛的爱是将宇宙众生关照

一切胎生卵生湿生化生等有情众生

及树木水草等无情众生

佛化身在星河万物引领航程

使众生离苦得乐活得美好

化身藤匍匐于热带雨林石缝地表

遭受雷劈风撕水毁土埋热烤……

血肉骨髓献给虫蚁啃食

仅剩的皮壳也留给它们做巢

巢烂藤死虫蚁溃逃

瞬间涅槃成奇香天地缭绕

默默等待郎中为救人性命刀砍斧斫将药制造

而人贪婪你的香为娱乐焚烧

惊讶这烟柱为何直袅袅穿越云霄

不懂你舍己大悲心思虑病患

为了看仙鹤降临翩翩舞蹈

为藤时终生趴地从未站立不如草

却在遇火的那一刻

与天同高

是化身瞬时归一

一是无量大佛是天道

悟到了就放下欲望丢掉屠刀

舍小我成大我自在逍遥

有缘见这段文字的人

如生般若

也被佛度化了

此是佛用心良苦环环操劳

初识你的香

我忽然全知道

汉字"心",宛如睡莲。

人类没有出现时的地球

人类没有出现时的地球
太阳也是这样明晃晃地照着它

太阳这只老母鸡一共下了八颗蛋
到目前为止，她好像只把地球孵出了神明

另外七颗蛋也一直沐浴在母亲的光辉里
或许在不远的日子
一个个会有喜讯传来

有着动物欲望的我的后面

有着动物欲望的我的后面

还有好多个我在注视着我

甚至在控制着我

比如，有个我在指挥着我学习

有个我在教我控制情绪

有个我在指导我处理人际关系

……

我肯定是一个很大的系统

有时可能是好几个我在我的后面并列站着

不分前后地同时指挥着前面的我

有时可能就像俄罗斯套娃一样

一个我的后面跟着一个又一个我

层层下达着指令

有一点是肯定的

当后面的我由不得前面的我时

前面的我就会越来越理性

而当前面的我由不得后面的我时

前面的我就会惹越来越多的麻烦

最终，不管前面的我的肉体是多么健康

后面那个终极的我

一定会指挥前面的我离开这个世界

事物存在的基础

事物存在的基础

是看不见的规则建立的逻辑关系

比如，无线接通由有线接通步步演化而来

逢二进一的缜密不是一句话可以说清

人类文明的升级换代

正在于不断发现、连通更复杂的逻辑关系

沿着逻辑关系追溯

一路刷过去的都是意想天开

倘若反过来往前穿越呢

或许人类真的会驾驭着地球往银河系深处流浪

地球的出现是小程序事件

如果道是安卓这样的操作系统

各种定律便是五花八门的软件

显然，满宇宙天体活灵活现

只是道搞出来的 App 而已

地球的出现是小程序事件

道把它设计出来被下载到太阳系之后

就一直按照规则在老老实实工作

还按照道的指令设计出人类并下载于此

每个星球都会发出声音

天文望远镜的发明

让我们窥见了满时空的天体

都是由星系结成的"社会"关系

就如人类的村庄、城市、族群、国家

据说每个星球都会发出声音

我好奇的是，他们都交谈些什么

狗和猫快要死的时候

狗和猫快要死的时候

一般都会独自离开主人家

找一个没人知道的地方离开这个世界

据说每种动物都会给自己做出

令人类感慨的临终安排

我们由此可以推断

生命的终结是宇宙最具尊严的事

在尊严的谜团里面

更是隐藏着宇宙生与死的最高秘密

这破楼中了什么邪

旁边的小区拆楼

当工人们把最后一个承重墙砸断后

整栋楼居然还巍然立着

施工头骂骂咧咧

这破楼中了什么邪

赖着不倒难道要我敬上雷管炸药

说着他就往里走想看看究竟

没走几步就见楼剧烈晃动起来

然后轰隆一声倒塌

几年后，坐在轮椅上的施工头逢人就说

唉，这楼房使用久了就跟人一样有了魂魄

那承重墙断了，它硬是憋了一口气

那次到朋友老家玩

发现那村里的房子破了塌了好多

朋友的父亲说

没有人住的家屋一两年就衰了

尽管有的房龄比我们家的房龄还短

我们本地人把这个现象叫

鬼阴居，屋子败

印尼苏拉威西海岸有一种章鱼

印尼苏拉威西海岸有一种章鱼

是地球上最会伪装的动物

它能通过改变自己的肤色和纹理

与环境别无二致

还能通过改变自己的身体结构

让自己看起来完全不像章鱼

其实地球上所有的动物都会伪装

即便是动物之王老虎

在猎食前也会熟练地使用草色伪装自己

人类更是任何动物都无法超越的伪装高手

战场和商场没有伪装就没有胜算

人与人交往正是因为都在伪装

才永远都看不透对方的内心

出示这么多证据

只是想得出一个不容忽视的结论

假如伪装是宇宙共有的规则

人类主动暴露自己是多么愚蠢的行为

虚空

远，刹那

虚空在色界的反面
以无的形态存在

虚空离色界说远也远
你需用一辈子才能到达
但说近也近
咽气时刹那间便到

虚空是出发地又是归属地
犹如无极和太极
它也许远在宇宙之外
即使是再过千年
人类的航空器也无法到达

但近得又与你如影随形

你却永远也无法看到

如果这个谜被解开了

生，还会那么累么

水，宇宙

每当无聊得向天空张望

孤独感总会呼啸袭来

觉得自己就跟海洋深处的一条

管眼鱼一样

不明不白为何出现在

这样一个宁静的水域

吃饱了就会长久地看那

一眼望不到尽头的水

思考着如果这水是有边际的

那边际之外会是什么

可是，如果这水是无始无终的

那这无始无终到底有没有之外的存在

存在之外呢

这条管眼鱼大概永远也

发现不到西北方 800 米处

常常出现的鱼群风暴

正如我们人永远也无法用肉眼看到

17 万光年外的长度可达 1800 光年的蜘蛛星云

当我可怜那条管眼鱼的时候

我是不是也正在被谁可怜

我们想象人都是透明的

我们想象人都是透明的

从古到今一个个贴在

时间的墙前观察

宇宙的活力就是体内不安的因素

生命的意志就像不可逆转的风一样

从每个个体身上呼啸而去

无论你如何念念有词祈愿永生

这风也不可能有片刻停留

我们的荣耀就是来到这个世界

曾感受过从身体里面穿过去的呼啸

像水滴一样成就了波澜壮阔的海洋

人的能量图景。

从哪里找到入口

这个世界的万物

已经被几千年来的理论

一遍又一遍眷顾

正如人被穿上

一层又一层衣服

我们的难度

在于寻找从来没穿过衣服的事物

可这个自然和社会

已经被理论堆积得密不透风

后人的思想从哪里才可以找到入口

抽象的钥匙

当抽象的钥匙打开修行的门

欲望就长出了翅膀纷纷逃离肉身

当智慧唯以概念的形式存在的时候

这空旷的大地只有一堆石头

当初佛祖离开这尘世后

舍利子分散于全球各地

当我旅途中一次次走进石头的世界

只会看着智慧的苍穹发呆

生命的味道

非洲的尼罗河最长

6671 公里

不息的川流

一路缓缓而行

如果我们把它比作人生

尼罗河的水就是地球上寿命最长的老人

陆地上的河流很多很多

源头的水无论从哪里出发

流淌的过程是多么短暂或漫长

终要归于大海

谁都不能逃脱这同样的命运

如果我们把大海比作死亡

这不可逆转的川流

就跟人度过一天天时光一样

如果大海就是死亡

波澜壮阔的归宿

难道不是乐事一桩

原来，人类对死亡的恐惧

就跟河水永远不知道融入大海以后的感觉一样

假如真的如此

你我只管从容不迫地在时间的河床里向前流淌

无非脱离开河床的那一刻

只是生命的时间终止在了无边无际的场域

无非死了后生命的味道

由淡变成了咸

汉字"水"。

爷爷去世的时候

爷爷去世的时候

我才 17 岁

也是长这么大第一次看到人咽气

爷爷居然一直笑个不停

然后就像一只正在行走的船

倏忽触碰到了陆地

他的身体强烈地抖动了一下

就完全放松了下来

只有笑容凝固在了脸上

爷爷的笑容一直印在我的脑海里

叫我不得其解

直到多年后一个新的生命出现——

儿子大声哭着来到人世

好像有一万个不愿意

当年爷爷笑着的死，当下儿子哭着的生

交织在一起

瞬间在我跟前就构成了一层窗户纸

生是欲望体从此开启一生的累

死是欲望体对累的永久脱离

或许爷爷在快断气的时候

感受到了

难以言说的美

如果真有上帝

如果真有上帝

流逝就是上帝设置的陷阱

叫人类伤感苦痛

假如流逝不是伪命题

那么，是谁创造了上帝

并永恒存在

让他主宰流逝的宇宙

一寸光阴一寸金，寸金难买寸光阴

国宏

汉字"时"。

银河系长得像烙饼

银河系长得像烙饼
在宇宙飘浮

在尘埃般的天体里
我怎么也找不到地球

遥想那上面生活的我
是否知道此时还有一个我
正在想你，此时在干什么

汉字"海"。我们的地球就是一枚会飞的海。

要怪 0 没守住妇道

要怪 0 没守住妇道

劈腿生出 1 之后

硬是吹气球似的挤出

时空这个窝

0 自己都没料到欲求惹了多大的祸

时空的窝里居然

淫荡汹涌，生生不绝

而生却在幻灭中不能永生

地球只是打比方的一个缩影

万物的本能只有求生

人无一不是恐惧地走向绞刑架的囚徒

出生成了永生不祥的高额资本

为了安慰不能永生的人生

人煞费苦心用泥巴石块造了无数的神

阿弥陀佛，阿门……

保佑我永生！

地球上有个奇大无比的坑

里面盛满为死而流的泪水被叫成海洋

汪汪地悬在时空可怜

似在哀怨0当初为何没守好欲望的门

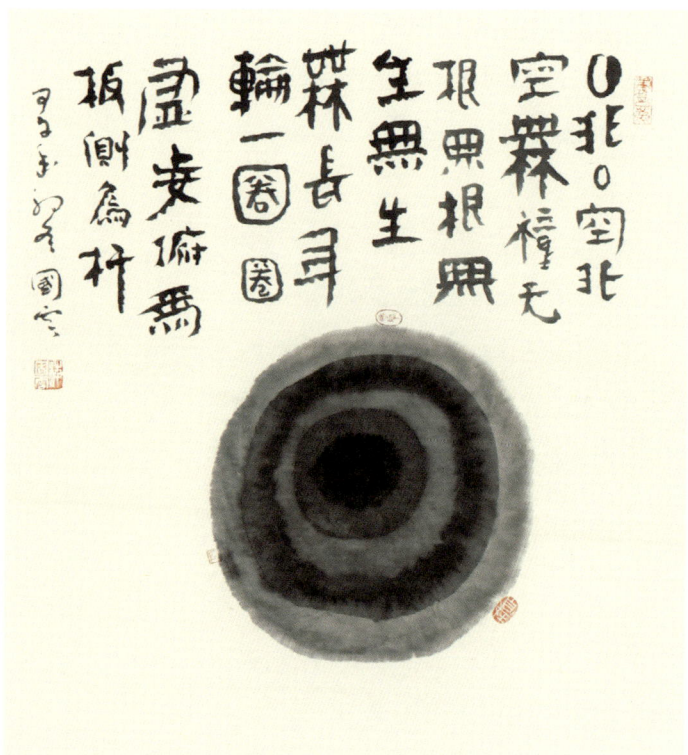

"0" 的叠加如树的年轮，是 "0" 生 "1" 的生动注释。

致命问题

人的致命问题在于自己的小聪明

造物主造一个碗状的脑壳

赐分一点观念的羹

就起了没有感知

哪有世界的疑心

如果绝对理念是造物的幕后推手

意识为什么必须依赖大脑

所以，我们何必纠缠

在我们没有来到这个世界前

世界和我究竟谁不存在

解剖地球

把地球放在手术台上解剖

扯出来的脑浆血管、神经肌肉……

医生会惊讶得发抖

把地球的水倒掉，软组织

清理干净，飘在虚空的

就是个骷髅头

在宇宙游荡的星星

多是智慧的脑袋

谁能知道它们正在思考什么

看马王堆

西汉人无法想象

2000多年后的颅骨复原术

让长沙国的辛追再次惊艳天下

我们无法不迷恋彼岸的虚幻盛景

方生方死的时代留不住

鲜活的容颜，我们深以为憾

假如未来高超的生物技术能破解出标本信息

再打印出一个活的利苍夫人

往生的彼岸原来还是曾经的地面

人生将不再如过眼云烟

我们不妨用哲学的逻辑来推演

珠峰上的长眠者已经登上通往未来地球的渡船

天书

造物主创造星系

如词典中文字排列奇妙无比

查找一下笔画或拼音

便能找到任何一个星球的位置

如果把所有星球都比作文字

谁可以用它创作一部部

无法穷尽奥秘的天书

造物推理

造物主他老人家闲得无事

捣腾出一个宇宙

无边无际的宇宙万物

无一不是他老人家心造

人类爱显摆的虚荣

正是老人家特别设计

"富贵不归故乡，如衣锦夜行，谁知之者"

项羽的名言，道尽老人家的心思——

"宇宙万物存在，就是为了展示

否则，还有什么意义"

老人家怎么会孤芳自赏

时空里上演的都是戏

他造出了比演员还多的观众

这意识流就是舞台下欢呼的海洋

道生一，一生二，二生三，三生萬物。萬物負陰而抱陽，沖氣以為和。

佛說道說都在揭示宇宙萬物變化規律中

乙亥年之初國雲

零，天地之母。

人类的一厢情愿

地球只是宇宙的一粒灰尘

可是人类却用人的形状

想象上帝的长相

假如屎壳郎也信仰上帝呢?

人类的善恶美丑

只是人类的一厢情愿

如果具有宇宙的普遍性

为什么屎壳郎就喜欢待在牛粪里

在虚空的时间线上

我们生存的灰尘飘飘就没了

宇宙的面貌和秩序,我们永远无法辨识

上帝怎么可能只代表人类审美并发号施令

造物主像是反复打磨玉器的雕工

造物主像是反复打磨玉器的雕工

通过周而复始的运动达到

宇宙事物的圆满

天体都是圆的

从粗糙到精致，越转越圆

人类文明也是如此

人人都是达成理想社会的

匆匆过客，没有条件地满足了

造物主这个雕工的奇怪癖好

如果没有这个癖好多好啊

老人家完全可以让人类

生而仁善无比并保持一生

造物主的面孔

世界上没有两片完全相同的树叶子

但我们观察造物主的面孔

看到的却是所有的树叶子

造物主不仅是所有树叶子的面孔

也是所有妖魔鬼怪的面孔

所有圣人君子的面孔

所有颜色和所有声音的面孔

所有灾难和所有规则的面孔

……

虚空里的所有存在都是他的面孔

老人家为了宇宙繁荣昌盛

他给每个事物都灌输了

倔强的个人主义思想

而他自己却是

所有思想的思想者

并且只能是他的思想

能在宇宙永恒存在

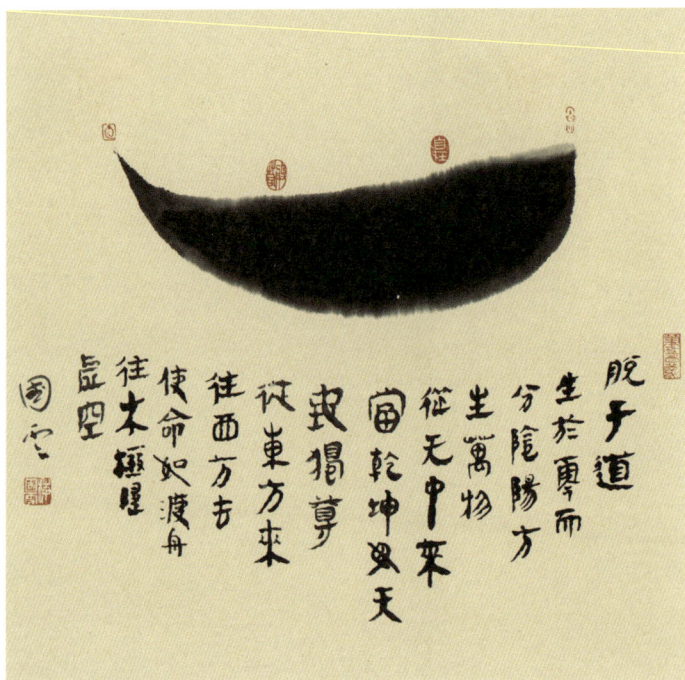

脱于道
生於零而
分陰陽方
生萬物
從无中來
當乾坤母
天地獨尊
從東方來
往西方去
使命如渡舟
往太極
歸虛空

汉字"一"。脱于道，生于零，而分阴阳，方生万物。从无中来，当乾坤母，天地独尊。从东方来，往西方去，使命如渡舟。往太极，归虚空。

密钥

宇宙是一把无解的锁

密钥被造物主藏在了人的心灵

可造物主又把人心灵的密钥藏在了何处

认识主体

把你当成我

把你们当成我

甚至把宇宙也当成我

我便与大家与万物

与宇宙融在一起

换位认识

是多么重要的方法论

当你突破老天赋予的生命局限

把个人欲望和生命意志降到最低

把小我升华为大我时

便会走出苦海，成为认识的主体

走你

造物主确定了宇宙的

道和规则之后

大手一挥说

走你……

从此便一事无成

人间为何不能永远风调雨顺

好人为何不能万寿无疆

地球为何不能成为

永恒的快乐无比的天堂

一代代人类合十祷告

经声不绝，香气缭绕

都不见造物主有丝毫反应

感觉他老人家好像失踪了一样

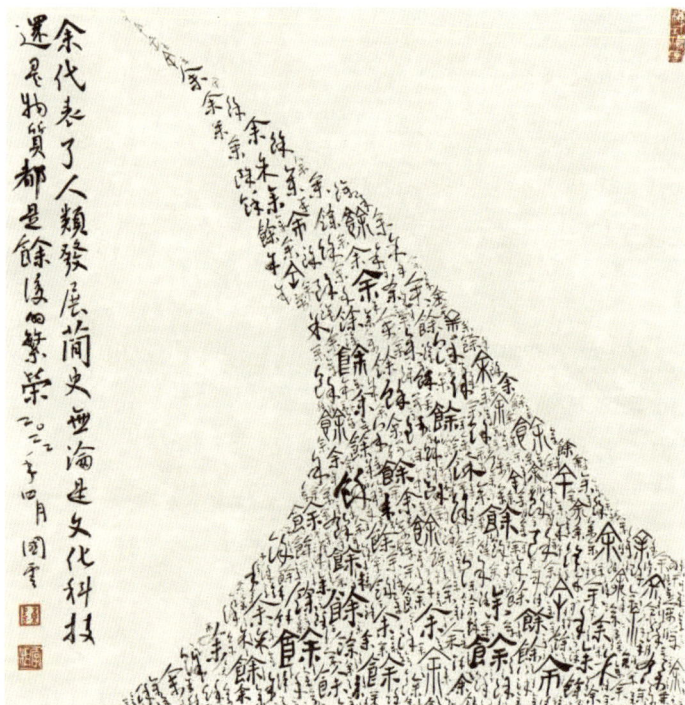

汉字"余",代表了人类发展简史，无论是文化、科技还是物质，都是余后的繁荣。

宇宙是如此的甜蜜

非洲大草原

黑压压的牛群

我惊叹的是有序的公母配

陌生人相隔千里

走着走着就成了一对

哪来的离奇吸引力

宇宙大爆炸

杂乱无章的一个个星体

最终是如何众里寻他

走到了一起

痴情地凝视着对方

幸福地旋转永不分离

夜里我仰望星空

怎么看都像是万家灯火

这宇宙是如此的甜蜜

假如地上的万物各自都有上帝

假如地上的万物各自都有上帝

忽一日上帝们开会聚集在了一起

开着开着，老虎的上帝饿了

会不会张开血盆大口

把坐在身边的兔子的上帝一口吞了

而人的上帝一定会用人的善恶是非

强烈谴责老虎的上帝

在如此重要场合

不顾上帝的身份，霸凌消灭弱小

谴责之后会不会被其他所有上帝们哄下发言台

包括兔子的上帝

因为兔子的上帝不能不吃草的上帝

而草的上帝之所以也跟着起哄

是因为草的上帝要吃食土里的磷和钾的上帝

……

人的上帝只好收起那一套

大爱无疆、邪不压正的说辞

而天上的上帝也一样在开会时闹翻天

光明的上帝要灭掉黑暗的上帝

圆的上帝要灭掉三角的上帝

有的上帝要灭掉无的上帝

生的上帝要灭掉死的上帝

……

这乱糟糟的天地

哪里有一把尺子可以调和冲突

假如天地真的只有一个上帝

并且还长成人的模样

以人的善恶标准去匡扶宇宙正义

那主宰宇宙的岂是众神之神的上帝

而是人类

人就像电子发射塔一样

人就像电子发射塔一样
向宇宙发射想象

只是人的功率太过强大
想象把宇宙撑得加速膨胀

甚至会超过宇宙的膨胀速度
在宇宙外游荡

人对宇宙的贡献
除了想象还是想象

老天不让我们以寿命的长度遍阅宇宙
却给了我们可以无限穷尽宇宙的想象力

假如人类灭亡
没有想象的宇宙是多么荒凉

人与自然。

生不瞑目

每有新生

死便会看到时间这个魔鬼附体

让死不能永死

死最怕时间从裤裆里冒出来

让生一生要要要

在要的挣扎中求得永生

要而不得

时间这个魔鬼随时通过死将要终结

让生不能瞑目

生不瞑目

时间把死搅得不得安宁

人形青蛙

我在地球观天

那天际线

就是巨大的井口

在井底我从科学家那里

知道在宇宙诞生之前

没有让你变老的时间

也没有可以活动的一点点空间

一百多亿年前

忽然"无"发生爆炸

然后不停地生"有"成现在的样子

据说"有"到极限

宇宙将又会回缩到"无"的状态

如此周而复始

"无"难道是科学家看到的

终极之处

周而复始年年四季的人类

一直在嘲笑只能活过三季的蚂蚱

不知冬的滋味

其实，宇宙从"无"到"无"的周而复始

让科学家也变成了人形青蛙

一直坐在井底

思考井口大小的事

宇宙从"无"到"无"之外呢

人到總以為井底的世界和井口一样大

大无外，小无内。从微观世界来讲，人类不要以为井底的世界和井口的世界一样大。

梦境

昨晚做了个梦

掉海里了

一直往下沉

头顶上的亮光越来越远

脚下无边的黑暗越来越近

生命将尽

且无法逆转

对死亡的感受从未如此真实

极端恐惧涌满全身

就在惊恐地踏入黑暗世界的一刹那

我又进入一个梦境

也就是从第一层次梦进入了第二层次梦

有一个低沉的声音从遥远的海面传来——

快快把你的心和宇宙融为一体

须臾，我很自然地产生了一个念头

感觉自己已经就是宇宙

然后就有一股电流击中了我

我变成了一团光

迅速向上浮起

耳朵边就听到哗哗哗的水流声

终于我见到头顶上的光越来越近

而自己的肉身却已经掉进那无边的黑暗世界

梦境告诉我，肉身很快就化成了石油

我变成的一团光很快跳出海面

并且立马消散得无踪无影

可是却舒坦得逍遥自在

没有一丝困阻和恐怖

我没有以星体或山川的形式存在

也没有附着在某个雕像上

更没有重新投胎成人或成为其他某个动物

总之，我没有具象

没有成为综合的欲望体

却能感受到真切的存在

而且存在的地方应该就是人间所形容的

天堂或极乐彼岸

可是在这里我没有看到什么琉璃世界

也没有看到上帝的面孔和飞翔的天使

我看到的或者我活成的就是人类发现的

微积分、万有引力、相对论……

还有什么规律……

还有人类未知的无限大道

我感觉到自己神力无比

却从不施以神力

我虽无具象

却无处不在

大到整体宇宙

小到银河系

再小哪怕是空气中飘浮的一粒尘埃

或者是质子、中子里面

都有我的身影

说白一点，我就是所谓的空或无极

……

我在梦里实在是游走得太过投入

以至于手机的闹铃声都没有把我唤醒

直到一声炸雷从天而降

呵呵，我还是凡胎一枚

相对论

宇宙速度下

长度变短

设想在没有引力的区域

速度无限放大

长度无限变短

太极时长度为零

如果速度在太极时继续放大

长度变负

由此宇宙黑洞出现

在黑洞的边缘——

长度为零的地方

时间应该静止为定

亦如佛

如此，长度为零处

也是佛的空处

道的无处

无量智慧在此生起

如果参透两边便

"悲欣交集"

可是又有多少人理解了

弘一法师圆寂时的心

"欣"为往生

"悲"为不忍众生受罪

放下正长度与负长度

就是放下了成功与失败的喜悦与烦恼的执念

没有执念的地方

还怎么可能惹到尘埃

相对论——

说不出的奇妙意味

速度越慢
长度越短越
更後負长
度越长宙你
的亡至漯
便能见此變
化越少
宇宙速度
相封論上面
长的三種形
態
国忠

相对论认为，当物体运动达到一定速度时，长度会变短。

右侧是汉字"长"在宇宙中飞行时的状态。中间的"0"，是"长"没有长度时的状态。而最左侧的图像表达的则是"长"字的负长度，或叫反向的"长"。

这三个图像又演绎了《金刚经》"应无所住，而生其心"的核心要义。中间"0"的状态，就是空的状态，也是佛的状态，从物理学上来说，亦是时间静止的状态。最左侧的负长度即为宇宙黑洞。这个时候，就不能执着于左右两面，无论成功与失败，无论喜悦和痛苦，都是无感的。此时的佛心，是参透了宇宙间一切的大智慧。

我感慨于造物主的抽象力量

我感慨于造物主的抽象力量

吸一口气，就可以将宇宙的共性集中到自己的怀里

让它长生不死，还让它无所不知无所不能

我同样感慨于他老人家的演绎本领

呼一口气，物事便从共性开始无穷无尽地异化

让它们丰富多彩，却好景不长

地球是如何被演绎成这样

你又如何心血来潮演绎人类于此

让它们快乐于生，恐惧于死呢

造物主，你折腾人类的目的何在

人类的最重大事件

沿着老子的万物追溯到尽头是无

沿着释迦牟尼的此岸追溯到尽头是空

沿着亚里士多德的形式与质料论追溯到尽头是没物

公元前五世纪前后，他们似有约定

从地球不同的地方搭了一座通往虚缈的云梯

居然相会在一起

如果评选人类有史以来最为重大的一个事件

我会毫不犹豫地为他们的相会举起双臂

因为越来越神通广大的人类

至今还没有谁可以叩开无、空、没物之门

踩在他们的肩上，看到前方的路

空为永恒，无中生有，没物的形式统治质料

难道已经成为永远无可超越的终极规定

让宇宙如一潭死水

让人类如圈住的马牛

如果把道比喻为上帝

如果把道比喻为上帝

生出的一就是规则

自从上帝把一敕封为大统领

便稳坐宫廷如老子般清净无为

任由大统领行使使命

这样人类便不难理解

为什么无论如何烧香叩头祷告

都不见上帝有一丝回应

反而你尊重了大统领便万事大吉

满时空的万物

满时空的万物

都是没有自我意识地

自然而然飞逝

假如把它浓缩在眼前

具象地做个比喻

就跟整个地球

都在下漫天的雪花一样

没完没了

但是在包围着整个地球的飘落的雪花里面

只有一朵既不随着风走也不由着引力掉

它翩然起舞，一直在思考自己

为何出现在这里

还饶有兴趣地打量周围雪花

为何都是那样没有自我意识地

自然而然飞逝

打量久了

它忽然感到孤独不已

并且还伴随着无法解脱的恐惧

未来

当我们幻想人类灭亡

当我们幻想人类灭亡

机器人可以生产

具有生殖欲望的机器人的时候

我们是不是可以推理出我们的前世

就如未来某一天机器人也在思考我是谁

我们是如何出现在地球上的一样

假如机器人永远想不出

是人类将他们变成地球的主宰

一定也会跟我们现在的人类无异

对死亡恐惧不已

我们到底是从哪里来的呢

此时我在胡思乱想

当初创造了人类的主

是不是也曾像我这样思考着

人类的未来会是什么样的走向

会不会也跟他们一样对死亡

恐惧不已

想象

古代有没有人想到

未来的人如果能发明个视频

就再也不会有连梦都

"不得到辽西"的痛苦了

千秋万代后的一天

有个年轻人说

在那远古的 2021 年

我们的老祖宗

会不会有人想到

未来人类的通信

居然可以一网打尽

整个宇宙

每个人的微信群

都有好几百个外星朋友

而且他们还不住同一个星球

随后，那个年轻人又想了想

他们之后的千秋万代

他忽然仰天长叹——

哦，无法想象！

飞行器迟早会变成满天星斗

飞行器迟早会变成满天星斗

这是大街小巷停放的共享单车

产生的幻觉

时至今日，飞得最远的是

美国人于 1977 年

放飞的两个旅行者号探测器

它们不知疲倦地飞了近 200 亿公里

早已离开温暖的太阳系

进入陌生的刺激无比的星际空间

看人家旅行者号探测器

这共享单车也不照照镜子

比想吃天鹅肉的癞蛤蟆还不要脸

刚刚我用手机扫了共享单车的二维码

这"嘀"的一声

分明是惊蛰时墙角的虫鸣

春雷滚滚，它们即将破茧而出

轻盈地飞上天际

影院随想

影院正播放浩瀚的宇宙

随着镜头的推移

密密麻麻的星体很快将

银河系淹没

我留意了一下观众

都瞪大了眼睛

寻找失去踪影的地球

由此我产生了一个妄想

假如为了一个使命

我被抛出地球，变成那个

孤独的镜头浪迹宇宙

从此就只能眼巴巴地望着星空

想念如尘埃般飘忽的

我的祖球

据说宇宙的星球

比地球上的沙子还多

如果把地球的沙子撒向宇宙

虽然不可能找到那唯一的一粒

但我知道里面肯定有

那最温暖的一颗

我离祖球越飘越远

亦晓得坐标的延长线

不停地被揉碎、扭曲、切割

但因为我代表了人类在宇宙流浪

地球人一定在用爱的光辉

为我祈祷祝福

我心里的那束光也因为一直牵着

那粒发着独特光芒的尘埃

坚信只要爱在

就不会迷途

如此一番神游

我稍稍感触到那么一点

宇宙里的神性

有一种便是源于家的温暖

在外漂泊的游子

每回祖屋

这家的热流立马会充盈身心

这热流正是列祖列宗

叠加过来的爱的温暖

只要祖屋在，家神就在

家神在，这温暖的气息就不会离开

这比地球沙子还多的宇宙天体

只有一颗温暖无比的星星属于我——

祖球

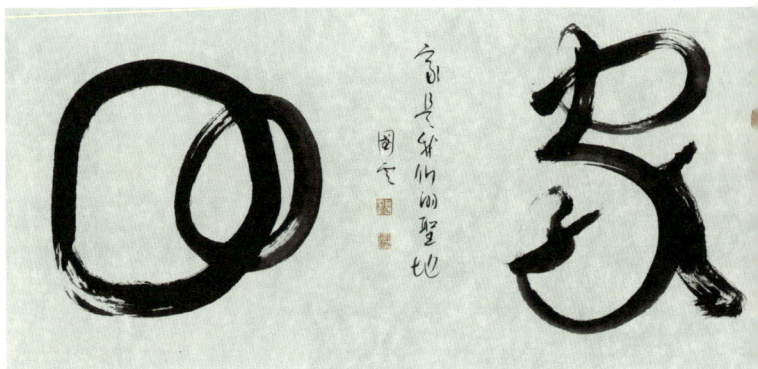

回家。家是我们的圣地。"回"字如望眼欲穿的游子。

我听到了神的声音

在宾馆大堂
脑袋上贴了神像的机器人
领我进房

看那熟悉的神像我就想
如果人类一直跟着自己的想象之神走
到现在仍会有人被烧死在罗马的鲜花广场

感谢为真理而献身的伟大的科学家布鲁诺
让理性如启明星在天空闪亮
才会有机器今天为我导航

跟着机器的方向坚定地走下去，终会走到
永生的智慧天堂，人对心灵和宇宙本质的认识
正一步步靠近造物主的肩膀

我们敬重先哲以想象之神安慰人别恐惧死亡

更钦佩我们跨越无数思想陷阱脱胎成理智之神

保佑我们自己不再为末日惊慌

"先生，您的房间到了，祝您入住愉快"

机器人闪动着漂亮的双眸对我说

语音轻柔悦耳泛着辉光

我确信，这是理智之神的声音

也是我们人间终于可以听到的神的声音

紧跟理智之神，人类拯救自己的正确方向

等类

从 46 亿年前地球诞生

到一次次被小行星撞击

到一次次冰河

……

从单细胞生命

到鱼变成爬行体

到恐龙主宰

到哺乳动物地下鼠幸存下来

……

地壳无数次的毁灭和再造

生命的一往无前的顽强进化

都是为了迎接人类

创造地球辉煌的文明

没有人类的出现

对于地球来说

过去的 46 亿年毫无意义

太阳系毫无意义

银河系毫无意义

宇宙也毫无意义

往后，地球还有 50 亿年寿命

假如人类也像恐龙一样

只统治地球数亿年

显然未来还有无数次

比人类更高等级生命的出现

我们不妨给下一个地球的主宰

命名——

等类——等人类灭亡便横空出现

到那时，当他们挖开土层

像人类考古恐龙化石一样

考古人类的时候

才发现自己已被先祖命名

一定会会心一笑

荣耀无比

如此，人类与等类便完成了一次

身份上的对接

等类创造的地球的光辉

等类之后的地球更高等级生命

创造的地球光辉

会一代代感到无比亲切

数亿年之后

数十亿年之后

当盛况空前的香烛燃起

应该是整个地球

公祭人类或等类……的事件

如此，地球未来的 50 亿年

因为人类而变得更有意义

地球以外没有一寸天幕

地球以外没有一寸天幕

可以挡住人类的眼睛

假设宇宙只有人类长了智慧的眼睛

那产生宇宙的全部意义应该正是为了这双眼睛

而没有人张望的宇宙

曾经存在过多少个年头

某一天等人类的眼睛都闭上了

宇宙又会毫无意义地存在

多么无趣的景象

会把你想得头痛

元宇宙在我认知里玄乎

元宇宙在我认知里玄乎
游戏的虚拟世界
如何魔术般变成物理空间

2022，虎年春晚
"千里江山""富春山居"
宋朝 18 岁少年与元朝 80 岁老者的
笔下乾坤，竟神灵活现在亿万人眼前

只要你接通虚拟世界
便有一个对应的你的影子在那里存在
哪怕肉身死了百年千年
复活的可能只在于被某个后人发现

越过近千载春秋
王希孟和黄公望

一定就端坐在亿万观众的后面

一少一老，把酒言欢

当年，他们落笔纸上

就是接上了通往未来元宇宙的电路

只要有文明的痕迹在时空大动脉里闪亮

当代科技便能在虚拟世界激活古人全部的神经元

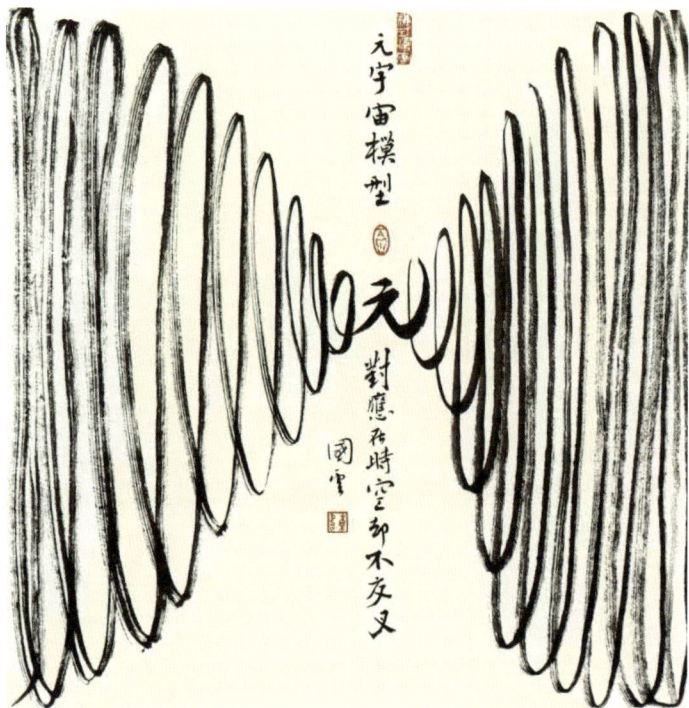

元宇宙模型，对应在时空，却不交叉。

当可以用意念投票

人类大脑意念的脉冲

早可以通过仪器帮助残疾人

调换电视频道或控制轮椅的方向

如果有一天用意念的仪器

替代笔和纸质选票

去表达同意、弃权和反对意见时

选举者和被选者恐怕都会

坐立不安

如果这仪器的功能更为强大

随时可以测出部下是否忠诚

朋友是否可靠，夫妻是否真爱……

人都没有了面具

这样的家族、社会和国家

会不会变得人人紧张，个个害怕

我们想象一万年后的人类

我们想象一万年后的人类
会如何想象现在我们的劳苦
就如我们现在感慨一万年前
先祖是如何茹毛饮血的

我想着，一万年后
人类感到最不可思议的
莫过于 21 世纪初的先祖
居然需要皮囊才能活
而且活到百岁才最长寿

我妄想，人类的最终使命应该是
设法放弃肉皮囊累赘
彻底解放自己
只有这样才能永生
用一万年来实现长生不老的全人类一代代希求
只争朝夕的愿力，进化会加快脚步

这是一个有趣的现象

因为没有了肉皮囊永远无法满足的欲求

而自然实现最高级别文明世界

就如先哲心里面的莲国净土

这样的设想，难道不值得追求

其实人类的 AI 已经照亮宇宙

在进化的路上，各种替代品植入人体

最终原体多余的器官功能将全部退化

皮肉骨骼、五脏六腑全无

只留有可以被读取复制的意识一代代传播

如果让 AI 来判断

一万年也显得太久

我们正铺设去往彼岸的路途

我们向未来的人类祝福

意识流充塞宇宙

意识流充塞宇宙
被幸运的人类大脑接受

假如意识流是主宰宇宙的造物主释放
假以时日，善于按图索骥的人类
总可以顺着意识流找到释放的源头

霍金曾警告人类不要试图寻找外星人
是不是因为被外星人发现地球信号
就会被按图索骥找过来，把人类灭掉

我倒觉得人类的麻烦应该来自于造物主
一旦人类按图索骥到造物主至高无上的尊位
造物主就会感受到平起平坐的威胁

人类离造物主的距离已越来越近
警报已响，人类是否可以停下脚步

了不起的 AI

生成器是伪装高手
千方百计的目的
就是为了欺骗判别器
让判别器傻眼，信以为真

判别器就是刻薄的变态狂
专门拿着显微镜
找生成器的各种毛病
让生成器气得发疯

为了卡住对方的咽喉
它们争先恐后不断升级
只有势均力敌
才相安无事，和平共处

了不起的 AI

逝去若干年的邓丽君全息影像与人对话

就是活生生的灵异事件

假如未来每人都有一个或多个

不断升级的学习能力超强的自己的 AI

跟手机一样与你形影不离

模仿你的脾气、表情和生活习惯

当你的全息影像与你自己可以乱真的时候

岂不跟孙悟空一样

扯一把猴毛便可以变出

一群美猴王

最值得期待的还是当亲人老去

离开我们的时候

如果有一个跟生前别无二致的全息影像

跟子孙们生活在一起

我们还有多少悲伤

我脑海里常常浮现一个画面——

又到春节回故乡

当远远地看到

跟生前一模一样慈母的全息影像站在村口

翘首以盼远方的孩子的时候

我同样会泪流满面奔跑着大声喊着妈妈

跟妈妈深情拥抱

我也常常想象十世同堂

无数世同堂的画面

就感觉到那时

人类真是幸福得不得了

最高级的元宇宙，应该是未来科技建立的，斯人不在了，还在活人眼前行走。细蒙 国云

我能想到的最高级的元宇宙，应该是未来科技建立的，在那个世界，纵使斯人已逝，也仍然可以在活人的眼前行走。

"人"字新解

人越来越离不开手机
意味着未来更时刻离不开
可以为你做一切事务的机器人

那时候我是不是可以
把汉字"人"字理解为
一撇是肉身，一捺是机器

人与机器走着走着就合为一体了
人的肉身某些功能的退化
便是人这种生物的进化

只有在空间和时间中人看起来才是独立的存在，构成个性化原则出现在不同时代，不和时间段，空间和时间就成了遮盖着人的一种性。

二二年夏 国安

具体的"人"与抽象的"人"。

如果有一天

如果有一天，人造卫星飞到了半人马座

绕着比邻星公转，谁能知道

它是不是执行了离这里 4.22 光年的

地球人的指令

我们的地球一直在绕着太阳公转

它接受了谁的指令

发指令的

是不是也跟我们一样

会有生老病死

生物芯片技术发展最令人期待

从会场上播放肉身不能亲临会场的人的录音

到播放提前录好的音像

再到远程实时视频

人类搬运自己肉身的劳顿之苦

就开会来说，已经没有了

人类只需让机器人不断升级换代

将体力劳动被机器人完全取代

便会实现肉身的彻底自由

这是指日可待的事情

就如踮着脚就摸着了天花板一样

生物芯片技术发展最令人期待

有一天当人脑的存储型信息不仅可以被复制

而且程序型信息也可以被复制的时候

人类的精神彻底自由就完全不是问题了

那时，每个人都可以像孙行者一样变出无数替身

我想象着你的真身正面朝大海悠闲地品尝咖啡

你的没有肉感的各个替身正忙着帮你接受或应对

来自四面八方的关于政治的宗教的民族的

国际的国内的家庭的思想和观念

此时，你三界之外的真身血压极为正常

我们人类想象出来的大神

或许就如三界之外的你吧

我们只需等待那发明出来的生物芯片